TASCABILI BOMPIANI 780

Dello stesso autore presso Bompiani

RIMINI
CAMERE SEPARATE
UN WEEKEND POSTMODERNO
L'ABBANDONO
DINNER PARTY
IL MESTIERE DI SCRITTORE
ROMANZI, TEATRO, RACCONTI
CRONACHE, SAGGI, CONVERSAZIONI

# PIER VITTORIO TONDELLI
# BIGLIETTI AGLI AMICI

**A cura di Fulvio Panzeri**

I GRANDI TASCABILI
BOMPIANI

ISBN 978-88-452-5018-7



I edizione Tascabili Bompiani gennaio 2001
IV edizione Tascabili Bompiani novembre 2016

# Sommario

## Notte

# Notte

# Prima ora della Notte

## Biglietto numero 1

Angeli e Pianeti che governano
la Prima ora della Notte:

| | | |
|---|---|---|
| Domenica | ♃ | Sachiel |
| Lunedì | ♀ | Anael |
| Martedì | ♄ | Cassiel |
| Mercoledì | ☉ | Michael |
| Giovedì | ☽ | Gabriel |
| Venerdì | ♂ | Samael |
| Sabato | ☿ | Raphael |

# A.T.

In treno, dopo Amiens, quando la nebbia e i grigi lo riportano alla stagione d'autunno, e al freddo, si chiede perché sta fuggendo. Lui lo sa. Ma sono ragioni che all'esterno appaiono esili e misteriose, mentre per Lui sono totali e assolute. Va a Londra – sa – perché deve ritrovare la sua terza persona, un fantasma che deve incontrare per continuare a scrivere. Va a Londra per incontrarsi con il suo libro.

Come può una ragione così vitale e assoluta apparire talmente evanescente per gli altri al punto che Lui si rifiuta di precisarla dicendo solo: "Vado per ragioni personali?" In realtà fugge per ricapitolarsi. Bisogno di silenzi, di solitudine, di ricordare. Di dormire: "Vieni sonno, vieni mille anni perché io venga destata da un'altra mano..." L'interiorità... E a nessuno cui importasse realmente la sua scrittura, a parte i soliti due, Aldo e François...

# Seconda ora della Notte

## Biglietto numero 2

Angeli e Pianeti che governano
la Seconda ora della Notte:

| | | |
|---|---|---|
| Domenica | ♂ | Samael |
| Lunedì | ☿ | Raphael |
| Martedì | ♃ | Sachiel |
| Mercoledì | ♀ | Anael |
| Giovedì | ♄ | Cassiel |
| Venerdì | ☉ | Michael |
| Sabato | ☽ | Gabriel |

# F.W.

Ieri, domenica, a Chantilly mentre Severo rapito dal paesaggio autunnale, grigio, sfumato eppure così "tridimensionale" e profondo diceva: "È un puro Corot." Lui si è chiesto perché da qualche anno ama viaggiare, mentre, quando aveva vent'anni, assolutamente no. E trova una ragione: quando era giovane non aveva la scrittura e era solito dire agli amici: "I paesaggi, le città non mi interessano perché non li posso far miei. Non li posso mangiare."

Ora, invece, tutto lo interessa e lo riguarda perché ha la scrittura, ha uno strumento, ha gli occhi, una bocca, uno stomaco per mangiare e guardare la realtà. Le città e i paesaggi. Per tutto questo solo ora ritrova nei confronti del mondo esterno quella stessa curiosità che aveva nella fanciullezza. In questo il suo trentunesimo anno lo avvicina a quel bambino che era più di quanto sia mai accaduto nel corso della sua giovinezza.

Mentre scrive queste note, sulle prime pagine del libro di Bachmann, il sole è rispuntato a Boulogne.

# Terza ora della Notte

## Biglietto numero 3

Angeli e Pianeti che governano
la Terza ora della Notte:

| | | |
|---|---|---|
| Domenica | ☉ | Michael |
| Lunedì | ☽ | Gabriel |
| Martedì | ♂ | Samael |
| Mercoledì | ☿ | Raphael |
| Giovedì | ♃ | Sachiel |
| Venerdì | ♀ | Anael |
| Sabato | ♄ | Cassiel |

## P.L.

*Fino a pochissimi anni fa, all'apice di un travagliatissimo periodo nero, altro non si faceva che girare in lungo e in largo l'Italia alla ricerca disperata di una città in cui venisse offerto il maggior numero di "uscite di sicurezza" a una condizione di vita sempre più precaria e abulica. Parve allora di identificare ogni città abitata con un sentimento o una attività ben precisa e mentre a Roma, e solo a Roma, si andava per fare penitenza ed espiazione, a Milano, e solo a Milano, per innestarsi in storie professionali e affaristiche, a Venezia – solo e sempre lì – per suicidarsi assorbiti da un Turner a grandezza naturale, ecco Firenze proporsi come un largo e caldo abbraccio di comprensione e di affetto...*

# Quarta ora della Notte

## Biglietto numero 4

Angeli e Pianeti che governano
la Quarta ora della Notte:

| | | |
|---|---|---|
| Domenica | ♀ | Anael |
| Lunedì | ♄ | Cassiel |
| Martedì | ☉ | Michael |
| Mercoledì | ☽ | Gabriel |
| Giovedì | ♂ | Samael |
| Venerdì | ☿ | Raphael |
| Sabato | ♃ | Sachiel |

## F.G.

Why can't you be just more like me,
Or me like you.
And why can't one and one
Just add up to two.
But
We can't live together
But, we can't stay apart.

# Quinta ora della Notte

## Biglietto numero 5

Angeli e Pianeti che governano
la Quinta ora della Notte:

| | | |
|---|---|---|
| Domenica | ☿ | Raphael |
| Lunedì | ♃ | Sachiel |
| Martedì | ♀ | Anael |
| Mercoledì | ♄ | Cassiel |
| Giovedì | ☉ | Michael |
| Venerdì | ☽ | Gabriel |
| Sabato | ♂ | Samael |

# L.M.

"Conseguenza di uno shock-Baldwin vivissimo: il plot deve essere forte, una storia funziona se ha un intreccio ben congegnato... Ho bisogno di raccontare, di far trame, di scardinare i rapporti fra i personaggi. Il fumettone mi va benissimo, più la storia e lo stile sono emotivi meglio è. Inizierei con un ambiente (gli ambienti, i paesaggi dell'oggi, ecco cosa manca nei libri) cioè Rimini, molto chiasso, molte luci, molti café-chantant e marchettari..."

Il 2 luglio 1979 Lui ha scritto queste osservazioni su una pagina del Diario. Ha impiegato sei anni per disfarsi di queste ossessioni. Oggi, tutto ciò non lo interessa più. Quello che invece vorrebbe scrivere è un distillato di "posizioni sentimentali": tre personaggi che si amano senza possedersi, che si appartengono e si "riguardano" vicendevolmente senza appropriarsi l'uno degli altri. E sullo sfondo tre grandi città europee...

## Sesta ora della Notte

## Biglietto numero 6

Angeli e Pianeti che governano
la Sesta ora della Notte:

| | | |
|---|---|---|
| Domenica | ☽ | Gabriel |
| Lunedì | ♂ | Samael |
| Martedì | ☿ | Raphael |
| Mercoledì | ♃ | Sachiel |
| Giovedì | ♀ | Anael |
| Venerdì | ♄ | Cassiel |
| Sabato | ☉ | Michael |

# L.E.

Anche l'ultima volta che ti ho visto faceva freddo e tu te ne stavi infagottato in quella mia vecchia giacca nera. Mi sei sembrato più vecchio, più curvo, più stanco. Vorrei scriverti che hai perso tutti i treni e quando te ne sei tornato lei era ormai Lili Marlen.

Ma cosa posso raccontarti, in fondo?
Che potrei dirti fratello mio assassino?
Che sento la tua lontananza. Che dimenticherò anche te.

Ma ora, di notte, ubriaco con lei nell'altra stanza posso solo dirti che sono contento di averti trovato sulla mia strada; e se mai pazzamente deciderai di tornare in questo freddo sappi che il tuo nemico se ne è andato e la sua donna è libera.

Perché, stasera, sai, lei è venuta da me
con una ciocca dei tuoi capelli biondi
dicendo che gliela avevi data tu, per me,
quella volta in cui avete cercato di chiarirvi.

Ma io ti chiedo: "Vi siete mai veramente chiariti?"

# Settima ora della Notte

## Biglietto numero 7

Angeli e Pianeti che governano
la Settima ora della Notte:

| | | |
|---|---|---|
| Domenica | ♄ | Cassiel |
| Lunedì | ☉ | Michael |
| Martedì | ☽ | Gabriel |
| Mercoledì | ♂ | Samael |
| Giovedì | ☿ | Raphael |
| Venerdì | ♃ | Sachiel |
| Sabato | ♀ | Anael |

## A.P.

### 102. La Benda

Quando era un giovane che si esercitava nell'arte del taglio e cucito, Si Ster andò a trovare il Grande Maestro Yoshij per chiedergli il segreto della sua raffinatezza elogiata in tutto l'Impero. Con grande stupore lo vide vestito di una sola, lunga, benda bianca.

"Perché meravigliarsi?" disse allora Yoshij. "La Trasandatezza è una condizione dello Spirito. Il suo massimo grado consiste nel Sublime Trasandato il cui raggiungimento però necessita di una costante pratica di vita e di esercizio assiduo. Il Sublime Trasandato diventa allora l'agio delle cose."

Uscendo dal tempio Si Ster vide una lumaca e fu illuminato.

# Ottava ora della Notte

## Biglietto numero 8

Angeli e Pianeti che governano
l'Ottava ora della Notte:

| | | |
|---|---|---|
| Domenica | ♃ | Sachiel |
| Lunedì | ♀ | Anael |
| Martedì | ♄ | Cassiel |
| Mercoledì | ☉ | Michael |
| Giovedì | ☽ | Gabriel |
| Venerdì | ♂ | Samael |
| Sabato | ☿ | Raphael |

## M.S.

Vedere il lato bello, accontentarsi del momento migliore, fidarsi di quest'abbraccio e non chiedere altro perché la sua vita è solo sua e per quanto tu voglia, per quanto ti faccia impazzire non gliela cambierai in tuo favore. Fidarsi del suo abbraccio, della sua pelle contro la tua, questo ti deve essere sufficiente, lo vedrai andare via tante altre volte e poi una volta sarà l'ultima, ma tu dici stasera, adesso, non è già l'ultima volta? Vedere il lato bello, accontentarsi del momento migliore, fidarsi di quando ti cerca in mezzo alla folla, fidarsi del suo addio, avere più fiducia nel tuo amore che non gli cambierà la vita, ma che non dannerà la tua perché se tu lo ami, e se soffri e se vai fuori di testa questi sono problemi solo tuoi; fidarsi dei suoi baci, della sua pelle quando sta con la tua pelle, l'amore è niente di più, sei tu che confondi l'amore con la vita.

# Nona ora della Notte

## Biglietto numero 9

Angeli e Pianeti che governano
la Nona ora della Notte:

| | | |
|---|---|---|
| Domenica | ♂ | Samael |
| Lunedì | ☿ | Raphael |
| Martedì | ♃ | Sachiel |
| Mercoledì | ♀ | Anael |
| Giovedì | ♄ | Cassiel |
| Venerdì | ☉ | Michael |
| Sabato | ☽ | Gabriel |

# M.V.

*A Milano crolli nervosi, intensità emotive ed eccitazioni febbrili si sono succedute e rivoltate con inedita repentinità; e dov'eran trionfi e vittorie, un attimo dopo esistevano solo rovine e macerie, come peraltro dieci minuti avanti... Ma io vivevo solamente negli spazi delle mie emozioni d'amore e dove più stavo male e più le intimità erano stravolte dalla passione e i miei pensieri dal sentimento, e dove i miei equilibri più infranti e le mie sicurezze turbate, più mi sentivo di esserci. Cercavo solamente grandi burrasche emotive. Questo per me era l'unico modo di amare.*

# Decima ora della Notte

## Biglietto numero 10

Angeli e Pianeti che governano
la Decima ora della Notte:

| | | |
|---|---|---|
| Domenica | ☉ | Michael |
| Lunedì | ☽ | Gabriel |
| Martedì | ♂ | Samael |
| Mercoledì | ☿ | Raphael |
| Giovedì | ♃ | Sachiel |
| Venerdì | ♀ | Anael |
| Sabato | ♄ | Cassiel |

## C.B.

Quando nasce l'uomo è tenero e debole; quando muore è duro e rigido.

I diecimila esseri, piante e alberi, durante la vita sono teneri e fragili; quando muoiono sono secchi e appassiti. Perché ciò che è duro e forte è servo della morte; ciò che è tenero e debole è servo della vita.

# Undicesima ora della Notte

## Biglietto numero 11

Angeli e Pianeti che governano
l'Undicesima ora della Notte:

| | | |
|---|---|---|
| Domenica | ♀ | Anael |
| Lunedì | ♄ | Cassiel |
| Martedì | ☉ | Michael |
| Mercoledì | ☽ | Gabriel |
| Giovedì | ♂ | Samael |
| Venerdì | ☿ | Raphael |
| Sabato | ♃ | Sachiel |

# C.C.B.

*Il dolore dell'abbandono si perde e si infiamma nel dolore primario dell'abbandono della madre e del suo corpo. Dà luogo a una catena infinita di sofferenze che si infilano l'una nell'altra fino al grande e primordiale dolore della venuta al mondo. È una catena di dolori antichi. Una deflagrazione mortale in cui ci si può perdere. Per questo a Berlino, Lui scriveva: "Bruno così si accorse che non era della mancanza di Aelred che soffriva, né della sua terra o del suo lavoro. Gli era mancato semplicemente un ragazzo a nome Bruno."*

*È forse per questo che l'altra sera, stando malissimo, riusciva a intravedere come forma di desiderio soltanto un quieto immaginario famigliare, Correggio, la sua casa, la casa dei suoi genitori.*

# Dodicesima ora della Notte

## Biglietto numero 12

Angeli e Pianeti che governano
la Dodicesima ora della Notte:

| | | |
|---|---|---|
| Domenica | ☿ | Raphael |
| Lunedì | ♃ | Sachiel |
| Martedì | ♀ | Anael |
| Mercoledì | ♄ | Cassiel |
| Giovedì | ☉ | Michael |
| Venerdì | ☽ | Gabriel |
| Sabato | ♂ | Samael |

# G.G.

*Ma A. l'ho rivisto dopo sei mesi e un anno, esattamente un anno fa qui a Venezia, Campo Santo Stefano. A. l'ho rivisto, mi ha guardato dolce senza accusarmi del male che gli ho riversato addosso, senza farmi pesare le umiliazioni che gli ho inflitto continuamente con il mio trattarlo male e fustigarlo nell'orgoglio; ma A. era lì che mi guardava e mi diceva sorridendo: "Be', dimmi qualcosa." E io allora, nella mezzanotte sfranta e sfatta della stazione, ho scritto sul braccio: "Quel che ho voluto perdere di certo non mi riapparterrà se non come una maledizione."*

*Ma a Venezia gli spostamenti amorosi si sono messi in circolo dentro il mio umore in un'accelerazione viziosa. Sul treno ho dormito, sono rincasato alle cinque, ho fatto una doccia, mi sono pulito il braccio e ho visto l'inchiostro blu andarsene inghiottito dallo scarico. Ho messo dentro un tranquillante, poi mi sono ficcato a letto. Una preparazione minuziosa e maniacale per addormentare qualcuno che non c'è.*

# Giorno

# Prima ora del Giorno

## Biglietto numero 13

Angeli e Pianeti che governano
la Prima ora del Giorno:

| | | |
|---|---|---|
| Domenica | ☉ | Michael |
| Lunedì | ☽ | Gabriel |
| Martedì | ♂ | Samael |
| Mercoledì | ☿ | Raphael |
| Giovedì | ♃ | Sachiel |
| Venerdì | ♀ | Anael |
| Sabato | ♄ | Cassiel |

# P.R.

"Sì," disse, "l'ho preso con un amo invisibile e una lenza invisibile, lunga però abbastanza da lasciarlo vagare fino ai confini del mondo e, tuttavia, riportarlo indietro con un solo strappo del filo."

Nei primi giorni in cui è a Londra subito corre a vedere dove Bruno aveva abitato. Un giorno vede Cranley Gardens e non osa percorrere interamente la via. Gli basta uno sguardo di sfuggita da Old Brompton Road. Pensa: "È stato un suggerimento abbastanza giusto ambientare qui l'incontro d'amore, la prima notte, fra Aelred e Bruno." Poi, prima del suo inaspettato ritorno, imbocca Cranley Gardens dalla parte della Fulham Road. E allora sente un grande respiro d'emozione e si arresta in contemplazione. Da questa parte della via un campanile sovrasta le case. Allora ha la certezza: Bruno non poteva vivere che qui. Ancora una volta immagina stringere gli occhi in un sorriso il suo vecchio amico.

# Seconda ora del Giorno

## Biglietto numero 14

Angeli e Pianeti che governano
la Seconda ora del Giorno:

| | | |
|---|---|---|
| Domenica | ♀ | Anael |
| Lunedì | ♄ | Cassiel |
| Martedì | ☉ | Michael |
| Mercoledì | ☽ | Samael |
| Giovedì | ♂ | Raphael |
| Venerdì | ☿ | Sachiel |
| Sabato | ♃ | Cassiel |

# M.M.

In quel dicembre a Berlino, nella tua casa di Köpenickerstrasse io volevo tutto. Ma era tutto, o solo qualcosa, o forse niente?

Io volevo tutto e mi sono sempre dovuto accontentare di qualcosa.

# Terza ora del Giorno

## Biglietto numero 15

Angeli e Pianeti che governano
la Terza ora del Giorno:

| | | |
|---|---|---|
| Domenica | ☿ | Raphael |
| Lunedì | ♃ | Sachiel |
| Martedì | ♀ | Anael |
| Mercoledì | ♄ | Cassiel |
| Giovedì | ☉ | Michael |
| Venerdì | ☽ | Gabriel |
| Sabato | ♂ | Samael |

# R.D.

“Siamo dunque qui, nelle tre sospiratissime stanzette di Via Morandi in tutto un tripudio di rossi bolognesi e tegole come squame di terracotta che rivestono i tetti di fronte, e meravigliosi comignoli a torretta e caminetti talmente fantasiosi che un giorno di questi certo disegneremo, Eric e io, come pezzi di una scacchiera a solo uso e consumo dei più intimi frequentatori delle nostre stanze; siamo qui avvolti da un bel sole primaverile così lindo e ventoso e pulito che manda terse le colline al nostro sguardo e soprattutto quelle graziose colonnine là di Villa Aldini che ci mancavano da un po’, appunto dai giorni di questa vacanza parigina appena appena conclusa, il tempo di ritirare le valigie e le sportine, cacciare il taxi, salire proprio qui all’ultimo piano di Via Morandi e aprire le finestre.

“E subito il telefono che canta e squilla e rumoreggia...”

# Quarta ora del Giorno

## Biglietto numero 16

Angeli e Pianeti che governano
la Quarta ora del Giorno:

| | | |
|---|---|---|
| Domenica | ☽ | Gabriel |
| Lunedì | ♂ | Samael |
| Martedì | ☿ | Raphael |
| Mercoledì | ♃ | Sachiel |
| Giovedì | ♀ | Anael |
| Venerdì | ♄ | Cassiel |
| Sabato | ☉ | Michael |

## S.Z.

Love is Natural and Real
But not for you, my love
Not tonight, my love
Love is Natural and Real
But not for such as You and I, my love.

# Quinta ora del Giorno

## Biglietto numero 17

Angeli e Pianeti che governano
la Quinta ora del Giorno:

| | | |
|---|---|---|
| Domenica | ♄ | Cassiel |
| Lunedì | ☉ | Michael |
| Martedì | ☽ | Gabriel |
| Mercoledì | ♂ | Samael |
| Giovedì | ☿ | Raphael |
| Venerdì | ♃ | Sachiel |
| Sabato | ♀ | Anael |

# F.C.G.

*Poi al mattino io che non riuscivo a dormire e nemmeno il giorno dopo giovedì, e nemmeno oggi, venerdì. Mi sono alzato alle sei di sera per fare un paio di biglietti per il teatro, ma sarei rimasto a sonnecchiare e leggere ancora per molto. Poi ti scrivo e ti dico che sto partendo perché non gliela faccio più in tutto questo disastrato squagliamento che sono queste giornate di febbraio, che non ho speranze, che torneranno certo, però adesso niente.*

*Quando riceverai tutto ciò sarò a Vienna. Alessandro mi dice: "Non puoi continuare ad andare via quando stai male, soprattutto quando i periodi fra una botta e l'altra sono sempre più brevi." Io dico: "Se avessi lira di certo non vivrei qui. Non mi piace affezionarmi alle persone e alle cose e alle stanze, ci rimetto sempre troppo."*

# Sesta ora del Giorno

## Biglietto numero 18

Angeli e Pianeti che governano
la Sesta ora del Giorno:

| | | |
|---|---|---|
| Domenica | ♃ | Sachiel |
| Lunedì | ♀ | Anael |
| Martedì | ♄ | Cassiel |
| Mercoledì | ☉ | Michael |
| Giovedì | ☽ | Gabriel |
| Venerdì | ♂ | Samael |
| Sabato | ☿ | Raphael |

# N.S.

"Sulla fine del viaggio taceva. Non avrebbe voluto finirlo, alla fine avrebbe voluto scomparire, senza lasciare traccia, diventando introvabile."

Ma lungo il suo viaggio di *fading*, un sabato pomeriggio di ottobre, si è fermato a colazione in una casa nella *banlieu* parigina. La donna che abita la casa e che lo è venuta a prendere all'aeroporto, riempie di sé le stanze e l'atmosfera.

Lui è molto stanco eppure non si abbandona al sonno. Gode di quella casa e del cibo che lei ha preparato. Più volte, parlando, hanno entrambi le lacrime agli occhi. Lui pensa che questo – parlare con gli occhi umidi – sia l'unico modo reale che le persone hanno di comunicare. Tutto lo riporta all'idea di famiglia. In fondo è questa donna che, in una lingua straniera, gli ha dato la parola. Durante il suo viaggio la ricorderà con quel sentimento di sacralità che spontaneamente nutre nei confronti di ciò che riguarda la sua specie, quindi l'umano.

# Settima ora del Giorno

## Biglietto numero 19

Angeli e Pianeti che governano
la Settima ora del Giorno:

| | | |
|---|---|---|
| Domenica | ♂ | Samael |
| Lunedì | ☿ | Raphael |
| Martedì | ♃ | Sachiel |
| Mercoledì | ♀ | Anael |
| Giovedì | ♄ | Cassiel |
| Venerdì | ☉ | Michael |
| Sabato | ☽ | Gabriel |

# G.D.S.

De ces journées ils me restent ces souvenirs dont je rassemble ici, autour d'une idée, les traits principaux. Car, ne comptant pour la gloire des armes ni sur le présent ni sur l'avenir, je la cherchais dans les souvenirs de mes compagnons. Le peu qui m'est advenu ne servira que de cadre à ces tableaux de la vie militaire et des moeurs de nos armées, dont tous les traits ne sont pas connus.

# Ottava ora del Giorno

## Biglietto numero 20

Angeli e Pianeti che governano
l'Ottava ora del Giorno:

| | | |
|---|---|---|
| Domenica | ☉ | Michael |
| Lunedì | ☽ | Gabriel |
| Martedì | ♂ | Samael |
| Mercoledì | ☿ | Raphael |
| Giovedì | ♃ | Sachiel |
| Venerdì | ♀ | Anael |
| Sabato | ♄ | Cassiel |

## E.R.

*Ma io volevo baci larghi come oceani in cui perdermi e affogare, volevo baci grandi e baci lenti come un respiro cosmico, volevo bagni di baci in cui rilassarmi e finalmente imparare i suoi movimenti d'amore.*

# Nona ora del Giorno

## Biglietto numero 21

Angeli e Pianeti che governano
la Nona ora del Giorno:

| | | |
|---|---|---|
| Domenica | ♀ | Anael |
| Lunedì | ♄ | Cassiel |
| Martedì | ☉ | Michael |
| Mercoledì | ☽ | Gabriel |
| Giovedì | ♂ | Samael |
| Venerdì | ☿ | Raphael |
| Sabato | ♃ | Sachiel |

# L.F.

Quando era poco più che un ragazzo – e a ricordarlo ora si stupisce di quanto le cose siano cambiate per lui – aveva scritto queste parole:

"Solo l'amore mi lega alla vita, alla realtà, alle voglie e quindi ai discorsi. Senza amore sono niente, se non ho una persona che mi frulla nella testa sono a secco, terribilmente vuoto. E non scrivo."

Ora, in volo sopra la Germania, specchiando il suo viso invecchiato e appesantito contro un tramonto siderale, capisce che da quando ha rinunciato all'amore – in certi momenti, camminando per strada, nella musica di una discoteca, solo nella sua stanza, sente queste parole: "È morto! È morto! È morto!" colpirgli il cervello come tante frecce infuocate – altro non sta facendo che concentrarsi su di sé per imparare ad amare quella persona che porta il suo stesso nome, che gli altri riconoscono come *se stesso* e che Lui sta portando in viaggio attraverso l'Europa.

Ora sa che per continuare a scrivere e progredire deve amare quella stessa persona che la carta d'imbarco ha assegnato al suo stesso posto, lì, accanto al finestrino che gli apre lo sguardo verso un giorno e una notte d'Europa.

# Decima ora del Giorno

## Biglietto numero 22

Angeli e Pianeti che governano
la Decima ora del Giorno:

| | | |
|---|---|---|
| Domenica | ☿ | Raphael |
| Lunedì | ♃ | Sachiel |
| Martedì | ♀ | Anael |
| Mercoledì | ♄ | Cassiel |
| Giovedì | ☉ | Michael |
| Venerdì | ☽ | Gabriel |
| Sabato | ♂ | Samael |

## M.R.

*In fondo poi mi piace*
*in momenti come questo*
*(bevendo un po' prima di uscire*
*sapendo un po' il mio amico che m'aspetta)*
*mi piace proprio questa stanza*
*questa luce*
*questa musica*
*la mia piccola stanza.*

# Undicesima ora del Giorno

## Biglietto numero 23

Angeli e Pianeti che governano
l'Undicesima ora del Giorno:

| | | |
|---|---|---|
| Domenica | ☽ | Gabriel |
| Lunedì | ♂ | Samael |
| Martedì | ☿ | Raphael |
| Mercoledì | ♃ | Sachiel |
| Giovedì | ♀ | Anael |
| Venerdì | ♄ | Cassiel |
| Sabato | ☉ | Michael |

## G.V.

*Le volte che mi sei mancato... oh, non per la lontananza, ma proprio per la diversità del sentire, le volte che mi sei mancato sono esattamente questi minuti di attesa e di angoscia e di terribile lucidità aspettando un treno a Santa Maria Novella alle due e trentacinque del mattino. Ma le volte che mi sei mancato, oh, non per la lontananza, ma per questa diversità dello sguardo sono i miei occhi che tesi non vedono quasi più.*

# Dodicesima ora del Giorno

## Biglietto numero 24

Angeli e Pianeti che governano
la Dodicesima ora del Giorno:

| | | |
|---|---|---|
| Domenica | ♄ | Cassiel |
| Lunedì | ☉ | Michael |
| Martedì | ☽ | Gabriel |
| Mercoledì | ♂ | Samael |
| Giovedì | ☿ | Raphael |
| Venerdì | ♃ | Sachiel |
| Sabato | ♀ | Anael |

# C.C.

Il fantasma della sua terza persona lo ha accompagnato ogni giorno. C'erano momenti, nel suo vagabondare per la città illuminata da un'inedita lucentezza autunnale, in cui sentiva tangibilmente la mano di Bruno posarsi, protettiva, sulle sue spalle. In questi momenti sentiva soggezione rispetto al mito di sé che aveva giocato. Si sentiva piccolo, mentre l'altro diventava epico... Così anche Aelred gli è venuto incontro a Bloomsbury vestito con un pullover grigio, le gambe un po' curve, un ciuffo biondo di capelli sulla fronte spigolosa e un pungente sguardo verde-azzurro...

Ora, a pochi minuti dal ritorno, si chiede se ha viaggiato per qualcosa.

## Nota dell'autore

I testi qui raccolti sotto forma di biglietti contengono o inglobano citazioni e riscritture da: *Il Trentesimo Anno* di Ingeborg Bachmann; *Big World* di Joe Jackson; *Songs of Love and Hate* di Leonard Cohen; *Tao Te Ching*; *The Father Brown's Stories* di Gilbert K. Chesterton; *The Queen Is Dead* degli Smiths; *Servitude et Grandeur Militaires* di Alfred de Vigny.

Le tavole angeliche e astrologiche sono ricavate da Barrett, *The Magus* riportato in Gustav Davidson, *A Dictionary of Angels*, The Free Press, New York, alla pagina 344: *The Angels of the Hours of the Day and Night.*

I biglietti stampati in corsivo appartengono alle pagine del diario letterario degli anni 1982-1983.

| DAYS | ANGELS AND PLANETS RULING 1H. DAY |
|---|---|
| SUN | ☉ MICHAEL |
| MON | ☽ GABRIEL |
| TUE | ♂ SAMAEL |
| WED | ☿ RAPHAEL |
| THR | ♃ SACHIEL |
| FRI | ♀ ANAEL |
| SAT. | ♄ CASSIEL |

| | | |
|---|---|---|
| SUN | ♃ | Sachael |
| MON | ♀ | Anael |
| TUE | ♄ | Cassiel |
| WES | ☉ | Michael |
| THU | ☽ | Gabriel |
| FRY | ♂ | Samael |
| SAT | ☿ | Raphael |

1. Appunti per le indicazioni sugli angeli e sui pianeti del giorno e della notte.

# Nota al testo
di Fulvio Panzeri

C'è assolutamente bisogno
di qualcuno che scriva i libri
e di qualcuno che scriva le canzoni
c'è bisogno di iniziare un romanzo
c'è bisogno di scrivere un poema
e tu devi scrivere
sapendo che c'è bisogno di quel che scrivi
come di quel pallone lanciato nella retina;
le emozioni, c'è bisogno che tu scriva l'emozione del tuo libro
e del tuo canestro.

2. Biglietto numero 7 (Giorno, ore sette). Dalla prima versione. Non compare nell'edizione a stampa.

## In più intimo volo

"*Ancora* non sai? Getta dalle tue braccia il vuoto
e accresci gli spazi che respiriamo, sentiranno forse gli uccelli
l'aria ampliata in più intimo volo."

Rainer Maria Rilke, *Elegie Duinesi*

1. Nell'opera di Tondelli, l'esperienza di sé, nella personale forma della riflessione, sembra porsi come filo conduttore: l'esperienza progredisce proprio attraverso una lucida coscienza di quelle tappe che rappresentano le "misure del tempo" di altre età, intuite come veri e propri riti di passaggio. Così anche ciascuno dei suoi libri sembra porsi come un caposaldo in questo divario.

L'importanza che lo scrittore emiliano intuisce nei "riti di passaggio" la si può trovare nel *Weekend postmoderno* che, oltre a essere un'attraversata degli anni Ottanta, si configura, anche per via trasversale, come appropriazione dell'esistenza attraverso una sequela di "momenti di attraversamento". Come interpretare altrimenti la volontà dell'autore di raccogliere dentro le storie della gente comune (storie emiliane che recuperano le forti radici, quelle stesse che in *Camere separate* ritrova nella "gente umile, anonima ma alla quale lui è stato in braccio e che l'hanno in un certo senso contenuto, come contengono tut-

Ricorderai benissimo la vecchia libreria Rinascita a Reggio Emilia dov'era possibile trascorrere tranquillamente un paio d'ore sdraiati su quella moquette a leggere e guardare riviste. ~~Per questo era fra tutto il mio ginnasiale la meta preferita per i "fughini" o le "focacce".~~

Un mattino ti ho incontrata. Per me che allora ero davvero molto giovane avevi attorno l'aria di un mito . Per questo, benchè non ci conoscessimo se non per il fatto che tu eri amica di mio fratello, non riuscii a parlarti. Ce lo saremmo spiegato anni dopo, comunque. Per me allora eri sul serie la Dea Venus, perchè ce l'avevi fatta. La prima persona che aveva lasciato il maledetto borgo. Era questo , naturalmente, il mio massimo sogno. E come sempre chi ce l'aveva fatta era una donna.

3. Biglietto numero 17 (Notte, ore cinque). Dalla prima versione. Non compare nell'edizione a stampa.

to il futuro") un'immagine, un bagliore dell'infanzia e della memoria così pur viva?

E ancora il progredire nell'adolescenza, attraverso sguardi diretti e indiretti all'istituzione scuola; il servizio militare come momento di passaggio oltre la giovinezza; i trent'anni, come consapevole entità di una diversa condizione; infine una nuova consapevolezza, sempre individuata in *Camere separate*:

"In realtà Leo è altrettanto consapevole che l'età conta relativamente e che ciò che lo sta piegando non è un possesso biologico, ma l'addensarsi, il sedimentare di un dolore che non lo lascia mai, che si impatta con l'invecchiamento delle sue cellule, che ancora tarda a risolversi, a scomparire..."

Si intuisce così quella che potrebbe essere definita una necessità della ricerca letteraria tondelliana: costituire, in modi variamente identificabili, una scoperta dell'"unità di misura del tempo". Viene indicata in *Camere separate* a proposito della cappelletta a cui da bambino si aggrappa per guardare oltre "quella grata arrugginita con le iniziali di Maria Vergine". Per gli altri l'"unità di tempo" sono gli alberi ("Per molti c'è un albero che scandisce il divenire, l'accrescimento, l'avanzare degli anni"), per lui c'è questo edificio, una sorta di emblema : "È cresciuto e il tempio è diventato più piccolo, più raccolto, dai contorni più netti. Forse è anche più solo. Ma rimane per lui l'unità di misura del tempo."

In *Camere separate* Tondelli celebra una sorta di rito, quello del ritorno, accompagnato da una *pietas* sommessa: ritorno che definisce le ragioni della consapevolezza di sé dentro una solitudine,

Abbiamo, mia cara, grandi similitudini che ci attaccano l'uno all'altra. Forse grandi nevrosi, grandi richieste da fare al mondo, a chi amiamo, a chi vogliamo bene. Abbiamo un'infinità di desideri, di voglie, di slanci, di entusiasmi. Abbiamo una sofferenza in comune che è quella per cui nè tu nè io amiamo la vita e la guardiamo come una cosa estranea ai nostri percorsi e che non ci interessa più di tanto; benchè questa stessa dolorosa sensibilità sia, paradossalmente, la radice di un nostro tutto particolare attaccamento al mondo.

Pochi mesi fa QUALCUNO [illegible] ebbe modo di infilarmi con un paio di [illegible] Non si gioca con l'infinito" e "Devi solo desiderare chi sei". Più tardi mi salutò con un forte abbraccio paterno:" Pensa a quello che ti ho detto. Pensaci semplicemente. Solo a quello che ti ho detto. [illegible]è più, nè meno."

Ora tocca me abbracciarti in quel modo.

4. Biglietto numero 6 (Giorno, ore sei). Dalla seconda versione. Non compare nell'edizione a stampa.

in cui si generano le "elegie" di una frammentazione che, da letteraria, coinvolge interamente il suo esistere.

2. La "poetica del frammento" non è più solo legata alle ragioni della scrittura ma intride anche quella "misura del tempo", ne diventa comprensibilità, attraverso l'intuizione di un sé che si ritrae, che assume il "frammento" e l'"elegia" a condizioni esistenziali. Si tratta di un passaggio lento, che ha un punto d'avvio ben preciso, un libro "segreto", per pochi, pagine dell'intimità, destinate a non essere rese pubbliche, scritte per chi condivide con lui un'amicizia. Infatti sono "biglietti agli amici" e compongono un libro che, in qualche modo, rappresenta e indica una "misura del tempo" tondelliano. È il libro dei trent'anni e, non a caso, è preminente il riferimento a Ingeborg Bachmann e al suo *Trentesimo anno*.

Il biglietto a F.W. viene chiuso da un appunto: "Mentre scrive queste note, sulle prime pagine del libro di Bachmann, il sole è rispuntato a Boulogne", mentre il biglietto per N.S. è introdotto da una citazione dal *Trentesimo anno*: "Sulla fine del viaggio taceva. Non avrebbe voluto finirlo, alla fine avrebbe voluto scomparire, senza lasciare traccia, diventando introvabile."

Così l'intima relazione di scrittura che istituisce con l'autrice austriaca segna qui l'avvio di un percorso parallelo, che delinea questa "unità di tempo", il suo passaggio verso *Camere separate*, introdotto da *Biglietti agli Amici*, elaborato attraverso la "poetica del frammento" delle "variazioni sulla fenomenologia dell'abbandono" (*Pier a*

Questo è l'ultimo biglietto che scrivo. Il primo risale all'aprile ottantaquattro, una notte, a Firenze.

Da allora tante cose sono cambiate nella mia vita e forse la più importante riguarda queste pagine che non si chiamano più "Appunti per una fenomenologia dell'Abbandono" ma semplicemente Biglietti agli amici. E , come vedi, anche tu sei venuto a far parte di questa intimità prova che quel grande male anche metafisico, l'Abbandono, è stato in una piccola misura attraversato.

Oggi ho una consapevolezza in più. Ed è proprio questa nuova coscienza sorta dall'attraversamento di quegli spazii di fuoco e di nulla, che vorrei regalare a te e agli altri come il più sincero augurio per il prossimo anno.

5. Biglietto numero 24 (Notte, ore dodici). Dalla prima versione. È centrato sulle ragioni intime che hanno dato origine al libro e ne indica anche la natura. Nell'edizione a stampa l'ultimo biglietto non possiede più questa connotazione esplicativa.

*gennaio*, *Ragazzi a Natale*, *Questa specie di patto*, *My sweet car*) e definitivamente intuito come forma di elegia nell'ultimo romanzo.

Sembra proprio la Bachmann ad accompagnare, a segnare le varie tappe, tanto che *My sweet car* riprende tutte le "illuminazioni" bachmanniane (così potrebbero essere definite le citazioni che Tondelli amava riportare dentro il corpo della sua scrittura, uniformandosi a esse, assorbendone, non solo il senso, la verticalità del sentire, ma anche quella "musica della pagina" che potevano contenere, "il suo ritmo"), le ordina in una sequenza cinematografica (è infatti un racconto visivo, appositamente pensato per il cinema), le uniforma in una progressione, nell'istituzione di un "sentire" che diventa anche il suo.

È significativo che Tondelli riprenda gli stessi brani già citati in *Biglietti agli Amici* (tanto che il racconto si chiude su quel senso dello svanimento che accompagna il viaggio nel biglietto a N.S.), ma anche quelli che nel 1986 indicava come chiarificatori del suo essere, in quel periodo:

"Quando un uomo si avvicina al suo trentesimo anno di età, nessuno smette di dire che è giovane. Ma lui, per quanto non riesca a scoprire in se stesso alcun cambiamento, diventa insicuro; ha l'impressione che non gli si addica più definirsi giovane."

È un avvicinamento lento che, se in *Biglietti agli Amici*, inizia a porsi in forma di bagliore, ha già preso avvio nel 1984, quando Tondelli incomincia a intuire lo stemperarsi della ricerca dentro di sé verso una forma di "contemplazione", probabilmente indotta da una riflessione sull'abbandono come "ferita" e dimensione di questa

Questo è il primo biglietto che scrivo e lo scrivo per te
Giacomo in una notte d'aprile, a Firenze. Comincio dunque
da te questo libro augurale sapendo che lo potrai leggere
solo fra molti anni e quindi da te io cerco per questi messaggi-
legittimità a resistere al tempo. Ho comunque una piccola fretta di
farti gli auguri per il tuo primo Natale.

6. Biglietto numero 24 (Notte, ore dodici). Dalla seconda versione. Anche in questo caso, l'ultimo biglietto chiarisce le motivazioni del libro, sebbene non sia più evidenziato l'itinerario interiore. È da notare come cambi e venga prospetticamente invertita, nel parallelo con la precedente versione del Biglietto numero 24, l'indicazione. Da "ultimo biglietto", conclusivo quindi, qui diviene "primo biglietto", iniziale, pur se posto a conclusione. Non compare nell'edizione a stampa.

"unità di tempo" che si avvia (il cambiamento inavvertito di cui parla la Bachmann), dopo le disillusioni generazionali di cui *Dinner Party* rappresenta l'epilogo.

È del 1984, infatti, una conferenza tenuta al Teatro di Rifredi di Firenze, il cui corpo centrale è la lettura di brevissime citazioni, in forma di frammento sul tema dell'abbandono ("abbandono d'amore, abbandono della persona amata, abbandono delle cose o forse anche della realtà"). Del resto a Roma, nel marzo 1984, scrive una prefazione per una raccolta di poesie di Agostino Gandolfi, *La notte alta*, che così conclude:

"Varrà comunque la pena – in chiusura – introdurre un ulteriore elemento di riflessione che mi sta particolarmente, in questi tempi, caro e cioè: non potrebbero queste poesie anche chiamarsi *Appunti di una fenomenologia dell'abbandono*? Non potrebbero cioè costituire, nella loro secchezza e lapidarietà, ardenti reperti cerebrali della nostra comune situazione di abbandonati? Di abbandonati dalle cose, dal mondo, da noi stessi? Non potrebbero esprimere *anche* la umana condizione di 'stare soli, sotto il sole, a dimostrare che siamo senz'ali. E che niente ci protegge dall'Amore'?"

3. Le stesure che si susseguono fino al dattiloscritto definitivo di *Biglietti agli Amici*, soprattutto per quanto riguarda alcuni "biglietti" che poi faranno parte del libro, contengono particolari rivelatori, tanto da confermare la stretta relazione tra la "fenomenologia dell'abbandono" e la necessità del libro.

O mio amico stilista

La trasandatezza è una condizione d'elevazione dello spirito
Il suo massimo grado è il SUBLIME TRASANDATO che necessita per es-
ser raggiunto di una lunga pratica di vita e di un esercizio costante.
Il SUBLIME TRASANDATO allora diventa, parimenti a un Satori,
l'agio delle cose.

I02. La benda
Quando Si Ster era un giovane che si esercitava nell'arte
del taglio e cucito andò a trovare il
Maestro Yoschij e con stupore lo vide vestito
di una sola lunga benda bianca.
"Perchè meravigliarsi - disse Yoschij " la trasandatezza
è una condizione dello spirto. Il suo massimo grando consite

7. Biglietto numero 9 (Giorno, ore nove). Dalla prima versione. Diventerà il Biglietto numero 7, in altra stesura, nell'edizione a stampa. È un testo che nelle prime versioni accentua il carattere ironico (si veda nel particolare successivo l'indicazione bibliografica: "*102 Storie Zen* in La Moda è Morta – aforismi per una diva" o la "lumaca" che, nella versione definitiva, sostituisce una precedente "foglia").

Tra le carte tondelliane, in una cartelletta gialla, sono stati ritrovati i dattiloscritti di due versioni, precedenti alla definitiva, più un gruppo di fogli con appunti e frammenti narrativi che, in altra forma, confluiranno negli abbozzi delle prime versioni. È stato così possibile catalogarle come:

(*a*) *Frammenti preparatori*. Si tratta di trenta fogli dattiloscritti con indicazioni a pennarello relative alla destinazione e alle iniziali degli amici cui i vari frammenti potevano essere dedicati. Le cartelle dattiloscritte presentano anche varie correzioni a matita e a pennarello, nonché segni di elisione a matita delle parti da escludere;

(*b*) *Prima versione*. È composta da trentasei fogli dattiloscritti e si connota per l'abbozzo di struttura (iniziali del destinatario, ore del giorno e della notte e, solo in alcune pagine, numerazione del biglietto e indicazione degli angeli sovrani delle varie ore). Si caratterizza invece per il tipo di annotazione dei dati, sul margine superiore del foglio, a penna, in stampatello maiuscolo. Consta di un indice, già definitivo, con numerose cancellature e di una diversa versione dei frammenti. Questa prima stesura è assai dissimile come forma da quella poi progressivamente elaborata e pubblicata.

È composta soprattutto da brani, oltre che diaristici, di materiale preparatorio (note e citazioni da versioni precedenti del romanzo *Rimini*, frammenti di racconti coevi ed esclusi da *Altri libertini* come *Emily Bar* del 1979, l'avvio della versione 1982 di *Un weekend postmoderno*, passaggi da un soggetto cinematografico in via di elaborazione). Nel dattiloscritto, al contrario di quanto avviene nell'edizione definitiva, le fonti

Quando era un giovane che si esercitava nell'arte del taglio e cucito, Si Ster andò a trovare il grande maestro Yoshij per chiedergli il segreto della sua raffinatezza elogiata in tutto il paese. Con grande stupore lo vide vestito di una sola lunga benda bianca.

" Perchè meravigliarsi? -disse allora Yoschij - la trasandatezza è una condizione dello spirito. Il suo massimo grado consiste nel Sublime Trasandato il cui raggiungimento però necessita di una lunga pratica di vita e di un esercizio costante. Il Sublime Trasandato diventa allora l'agio delle cose."

uscendo dal tempio Si Ster vide una LUMACA e fu Illuminato.

( IO2 Storie Zen in "La Moda è Morta - aforismi per una diva" )

8. Particolare della seconda stesura del Biglietto numero 9. Dalla prima versione.

vengono citate alla fine del biglietto. Mette in luce un testo ancora in via di stesura, in cui sono presenti biglietti che poi verranno definitivamente esclusi, vari tagli, modifiche, cancellazioni e correzioni a penna e a matita. Manca l'intestazione del dattiloscritto;

(*c*) *Seconda versione*. Si compone di un dattiloscritto intermedio, numerato, composto da ventotto fogli e da un gruppo di quattordici fogli sparsi. Non presenta l'indice ma l'intestazione, il nome dell'autore e la nota biografica finale, in cui Tondelli così si definisce:

"È nato nel 1955. Ha studiato all'Università di Bologna (DAMS), laureandosi con una tesi sul romanzo epistolare. Nel 1980 ha esordito nella narrativa con il volume *Altri libertini* (Feltrinelli), sequestrato dalla magistratura per oscenità e poi rimesso in circolazione. Nel 1982 ha pubblicato, per lo stesso editore, il romanzo *Pao Pao*. Ha scritto un testo drammatico *Dinner Party* in corso di pubblicazione da Feltrinelli. Collabora a quotidiani e settimanali in qualità di osservatore del mondo giovanile. Le sue opere sono state tradotte in spagnolo e in francese."

Nel dattiloscritto numerato la struttura è conforme a quella dell'edizione definitiva, con le indicazioni di giorno e notte, ora, angeli e destinatari. I testi sono ancora in via di elaborazione: alcuni verranno esclusi (già nel dattiloscritto vi sono indicazioni in merito); altri compariranno in diversa forma o notevolmente abbreviati rispetto a quelli presenti in questa versione intermedia. I quattordici fogli sparsi sono, in prevalenza, copie di alcuni biglietti già inseriti nel dattiloscritto, con alcune correzioni a matita o a pennarello;

NOTE A RIMINI

" Conseguenza di uno "Shock -Baldwin" vivissimo: il plot deve essere forte, una storia funziona se ha un intreccio ben congegnato...Ho bisogno di raccontare, di far trame, di scardinare i rapporti fra i personaggi. Il fumettone mi va benissimo, più la storia e lo stile sono emotivi meglio è. Inizierei con un ambiente ( gli ambienti, i paesaggi dell'oggi, ecco cosa manca in Italia nei libri) cioè RIMINI, molto chiasso, molte luci, molti cafè-chantant e marchettari...."

(2 luglio I979)

"Voglio che Rimini sia come Hollywood, come Nashville cioè un luogo del mio immaginario dove i sogni si buttano a mare, la gente si uccide con le pasticche, ama, trionfa o crepa. Voglio un romanzo spietato sul successo, sulla vigliaccheria, sui compromessi per emergere. Voglio una palude bollente di anime che fanno la vacanza solo per schiattare e si stracuociono al sole e in questa palude i miei eroi che vogliono emergere, vogliono essere qualcuno, vogliono il successo, la ricchezza, la notorietà, la fama, la gloria, il potere, il sesso. E RIMINI è questa Italia del sei dentro o sei fuori. La massa si cuoce e rosola, gli eroi sparano a Dio le loro cartucce."

(giugno I984)

9. Biglietto numero 23 (Notte, ore undici). Dalla prima versione. Diventerà il Biglietto numero 5, in altra stesura, nell'edizione a stampa. È indicativo della continua elaborazione della forma, variamente precisata e portata progressivamente verso un'unità basata sul sentire interiore, come il parallelo tra le due stesure dei biglietti mette in luce.

(*d*) *Versione definitiva*. È composta da trenta fogli dattiloscritti: ha l'intestazione, l'indice e, per la prima volta, in queste redazioni, la nota bibliografica finale. I vari testi presentano correzioni a penna riguardanti errori di battitura e uso delle lettere maiuscole e minuscole. È sostanzialmente conforme all'edizione apparsa in volume da Baskerville.

La comparazione delle varie versioni chiarisce le necessità tondelliane. Non a caso la prima versione dattiloscritta di *Biglietti agli Amici* s'avvia proprio riprendendo la riflessione sulle disillusioni che sono al centro di *Dinner Party*.

Infatti il Biglietto numero 1 introduce il punto di svolta, il nodo da cui si genera questo bisogno di riflessione sul sé, il sostanziale passaggio:

"... quando in fondo, poi, l'unica cosa che vorrei raccontare e che vorrei fosse libro è questa disperazione quotidiana in cui ci dibattiamo tutti noi ex ragazzi, ex '77, ex creativi, noi che abbiamo avuto un certo successo, che frequentiamo un giorno gente 'benissimo', salotti a posto, party esclusivi..."

Il Biglietto numero 6 (poi non compreso nell'edizione a stampa) destinato a un'amica, in una forma epistolare diretta, che non si ritrova più negli altri "biglietti", ritorna a uno spazio intimo, riprendendo le contraddizioni di una "dolorosa sensibilità":

"Abbiamo, mia cara, grandi similitudini che ci attaccano l'uno all'altra. Forse grandi nevrosi, grandi richieste da fare al mondo, a chi amiamo, a chi vogliamo bene. Abbiamo un'infinità di desideri, di voglie, di slanci, di entusiasmi. Abbiamo una sofferenza in comune che è quella per

«Sì – disse – l'ho preso con un amo invisibile e una lenza invisibile, lunga però abbastanza per lasciarlo vagare fino ai confini del mondo e, tuttavia, riportarlo indietro con un solo strappo del filo»

NOTTE ore I

Angeli sovrani dell'ora I

| | |
|---|---|
| DOM | Sachael |
| LUN | Anael |
| MAR | Cassiel |
| MER | Michael |
| GIO | Gabriel |
| VEN | Samael |
| SAB | Raphael |

Il biglietto gli era giunto sette mesi prima, a Natale. Ansèlme lo aveva inviato all'indirizzo di Londra da ATENE dove si trovava per battezzare il nipote di un suo vecchio amico. Era un pensiero di Pascal:" Se vivere senza cercare di conoscere la nostra natura è un accecamento soprannaturale, vivere male, pur credendo in Dio, è un accecamento terribile" Più sotto Ansèlme aveva formulato i propri auguri a Fredo con la consueta illeggibile calligrafia. Ora, nel

10. Biglietto numero 13 (Notte, ore una). Appunti a penna, dalla prima versione. Rappresenta il punto d'avvio del Biglietto numero 13 dell'edizione a stampa, poi interamente riscritto.

cui né tu né io amiamo la vita e la guardiamo come una cosa estranea ai nostri percorsi e che non ci interessa più di tanto; benché questa stessa dolorosa sensibilità sia, paradossalmente, la radice di un nostro tutto particolare attaccamento al mondo. Pochi mesi fa qualcuno ebbe modo di infilarmi con un paio di battute: 'Non si gioca con l'infinito' e 'Devi solo desiderare chi sei'. Più tardi mi salutò con un forte abbraccio paterno: 'Pensa a quello che ti ho detto. Pensaci semplicemente. Solo a quello che ti ho detto. Né più, né meno.' Ora tocca a me abbracciarti in quel modo."

Del resto sempre da questa prima versione, un altro biglietto escluso (è il numero 24, quello che avrebbe originariamente dovuto chiudere la raccolta, indirizzato a G.G.T.) oltre a delineare l'intera storia "intima" di *Biglietti agli Amici*, ne indica il percorso interiore come superamento, "anche metafisico", di quel vuoto che l'"Abbandono" rappresenta, pure come perdita di un riferimento, di un valore, non solo in senso sentimentale e affettivo:

"Questo è l'ultimo biglietto che scrivo. Il primo risale all'aprile ottantaquattro, una notte, a Firenze. Da allora tante cose sono cambiate nella mia vita e forse la più importante riguarda queste pagine che non si chiamano più *Appunti per una fenomenologia dell'Abbandono*, ma semplicemente *Biglietti agli Amici*. E, come vedi, anche tu sei venuto a far parte di questa intimità, prova che quel grande male anche metafisico, l'Abbandono, è stato in una piccola misura attraversato. Oggi ho una consapevolezza in più. Ed è proprio questa nuova coscienza sorta dall'attraversamen-

Sono le quattro del mattino , mia cara, ed io sto cercando di scriverti per sapere come stai. Qui fa molto freddo, ma sono contento di vivere in questa stanza, su questa strada in cui le voci e i suoni attraversano la notte e salgono quassù. Ho saputo che ti stai costruendo una piccola casa giù in Spagna: ti basta solo il sole ora e il caldo di quel mare. Io spero però che leggerai ancora i miei libri. Lei è venuta a trovarmi. Aveva una ciocca dei tuoi capelli. Mi ha raccontato che gliela hai data tu, per me, quella notte in cui avete cercato di chiarirvi. Ma vi chiarirete forse mai?

après Leonard Cohen

11. Appunti a penna per il Biglietto numero 5. Dai frammenti preparatori.

to di quegli spazi di fuoco e di nulla che vorrei regalare a te e agli altri come il più sincero augurio per il prossimo anno."

È in questa condizione, quella di colui che "scettico per il troppo dolore, altro non sta facendo che concentrarsi su di sé per imparare ad amare e a conoscere questa persona che ha il suo stesso nome, che gli altri riconoscono come *se stesso* e che lui sta portando in viaggio attraverso l'Europa"(cfr. Biglietto numero 21), che Tondelli inizia l'elaborazione di *Biglietti agli Amici*: in una riflessiva necessità di dar luogo al sé che vuol scoprire la realtà non più in rapporto agli *altri* in senso generazionale, ma all'*altro* come soggetto singolo.

È sintomatico che i "biglietti" indichino, anche strutturalmente, la forma dell'individualità: la necessità del restringimento, dell'escoriazione, della ricerca di un'essenzialità che nasce dalla scoperta di una particolarissima "luce" dentro la quotidianità. Se il soggetto che origina il biglietto è altro come destinatario, ma si suppone anche in quanto voce che riflette questa nuova dimensione della realtà, l'unità di misura del tempo si restringe: a occupare queste pagine non è più il respiro lungo della "notte raminga e fuggitiva lanciata veloce lungo le strade d'Emilia a spolmonare quel che ho dentro, notte solitaria e vagabonda a pensierare in auto verso la prateria, lasciare che le storie riempiano la testa che così poi si riposa..." di *Altri libertini*, ma è l'istante del "passeggiare per le strade di Bologna", dove è possibile solo "accarezzare desideranti le pietre, gli angoli, i palazzi, i giardini come se fossero essi stessi la sostanza verbale di una preghiera, di qualcosa che è

Sono ormai le quattro del mattino; lei sta dormendo di
là, nell'altra stanza ed io sto cercando di scriverti
per sapere come stai. Fa un freddo cane qui, eppure sono contento di vivere in questa casa, su questa strada
dove le voci ~~e i suoni~~ e la musica attraversano la notte fino a raggiungermi.
Ho saputo che finalmente ~~di~~ sei riuscito a raggiungere ~~la Spagna~~ e che
ti stai costruendo lì una piccola casa: ora hai il sole e
la luce e il caldo. Ti basteranno per vivere, come vo-
levi. Da parte mia spero soltanto che tu abbia portato
con te anche qualche mio libro...
Stasera lei è venuta a trovarmi con una ciocca dei tuoi
capelli. mi ha raccontato che gliela hai data tu, per me,
quella famosa notte in cui avete cercato di chiarirvi. Ma
io vi chiedo: potrete mai, un qualche giorno, chiarirvi?

12. Biglietto numero 5 (Giorno, ore cinque). Dalla prima versione. Particolare che evidenzia la forma dattiloscritta dei precedenti appunti.

troppo forte da tenersi dentro ed esplode nel suo sguardo" di *Pier a gennaio*.

Attraverso questa necessità di "contemplazione" inizia a farsi reale la possibilità di arrivare a una scrittura in grado di accogliere l'"epico", l'intuizione di una verità restituita dal tempo come istante. Tanto che nel libro-intervista *Il mestiere di scrittore* cita Peter Handke per identificare la forza dello "sguardo magnetico" per giungere alla tensione epica: "C'è un brano da *Storia con bambina* di Peter Handke – uno scrittore che procede per illuminazioni di scrittura o di interiorità che ritengo assolutamente geniali – che mi ha colpito molto. Scrive Handke: 'Solo nella tristezza, per una mancanza o una colpa, quando gli occhi spaziando si fanno magnetici, la mia vita sconfina nell'epico.'"

4. In *Biglietti agli Amici*, scritti nella forma evanescente della trattazione amorosa e della meditazione notturna, la prosa si carica di inquietudini che inscenano il dolore dell'esistere, la scoperta della sua nudità, l'escoriazione della realtà, il vuoto che lo sguardo riflesso cerca di colmare. Una tensione meditativa anima questo Tondelli che pare preso nel gorgo della visitazione religiosa. La grazia di poter sconvolgere il buio (il procedere dell'attraversamento nella sua notte oscura) è qui tesa da presenze angeliche. Sfuggono però a un'indicazione teologica per tracciarsi in quella laica dimensione delle "illuminazioni" improvvise.

Anche la struttura cabalistica del libro impone questa alternanza. Il tempo ha una scansione se-

Anche l'ultima volta che ti ho visto faceva freddo e
te ne stavi infagottato in quella vecchia giacca nera ;
mi sei sembrato più vecchio, più curvo, più stanco. Vorrei dirti "Hai perso tutti i treni; e quando sei tornato
lei era Lili Marlene" ma cosa posso raccontarti in fondo?
Cosa potrei dirti fratello mio assassino? Che sento la
tua mancanza, che forse dimenticherò anche te. Ma ora,
di notte, ubriaco, con lei di là, posso solo dirti che
sono contento di averti trovato sulla mia strada; e se
mai deciderai pazzamente di tornare in questo freddo sappi
che il tuo nemico se ne è andato e la sua donna è libera.
Comunque grazie per i pensieri che mi stai agitando, non
mi sarebbe mai successo questo bene se non ti avessi incon-
tratO. Perchè stasera, sai, lei è venuta da me con una ciocca
dei tuoi capelli dicendomi che glieli avevi dati tu quella
volta in cui cercaste di chiarirvi. E io ti chiedo:"Vi
siete mai veramente chiariti?"

Sincereley....

( d'après Leonard Cohen
Famous blue raincoat) 1985

13. Biglietto numero 5 (Giorno, ore cinque). Dalla prima versione. Particolare che evidenzia la parte finale del biglietto che, in altra stesura, nell'edizione a stampa è indicato come Numero 6.

quenziale per fasi, ore, istanti, ognuno contraddistinto da un numero e da una presenza: la necessità quasi rituale e arcana di apprestarsi all'illuminazione in virtù di un tracciato di forze trascendenti, attraverso un'implorazione e un attraversamento.

Tanto che Generoso Picone, nel saggio *Stazioni di sosta*, sottolinea: "La stessa scelta di affidare i biglietti a un'architettura zodiacale, prendendo in prestito le tavole angeliche e astrologiche da *The Magus* di Barrett così come riportate nel *Dizionario degli Angeli* di Gustav Davidson, dove ogni ora del Giorno e della Notte è governata da Angeli e Pianeti, e i segni appaiono come rappresentazioni di figure angeliche, non è solo un artificio retorico, un po' esercizio di paranatellonta e un po' alla Raimondo Lullo che nel cantico trecentesco *Libro dell'amante e dell'amato* aveva affidato a ognuno dei trecentosessantacinque giorni dell'anno una meditazione mistica: assume invece il valore della ricerca ansiosa e faticata di un senso, di una sublimazione dei terreni accidenti in un ordine superiore."

Così se *Biglietti agli Amici* rappresenta l'unità di misura, impone anche strutturalmente la sua decifrazione tra oscurità e luce: l'alternanza rende possibile quel "magnetismo" dello sguardo, pietra angolare per Handke e spinta generativa di ciascun biglietto o di quanto in esso fermato dalla scrittura poematica.

5. Lo sguardo tondelliano, però, è ancora di natura cerebrale: la prosa prende la forma del frammento, è spezzata e disegna linee encefalo-

in fondo poi mi piace
in momenti come queste
(bevendo un pò prima di uscire
 sapendo un pò il mio amico che m'aspetta)
mi piace proprio questa stanza
questa luce
questa musica
la mia piccola stanza

(1983)

14. Biglietto numero 20 (Notte, ore otto). Dalla prima versione. Diventerà il Biglietto numero 22 nell'edizione a stampa.

grafiche, forme di resistenza alla tentazione del diario, deviazioni dall'intimismo, per lasciar spazio a una lucida analisi riflessiva. E prefigura la natura di *Camere separate*, il ritmo da musica minimale e da ossessione sentimentale che genera la sua struttura. Tanto che è quasi obbligatorio, e interessante, mettere in rilievo come i materiali dei "biglietti" vengano ripresi dentro altri testi e ossessivamente impongano, in una valenza catartica, la soglia, la derivazione e l'estenuante necessità di precisazione di un punto d'origine.

Il biglietto dedicato a P.L. viene riportato in quel *remember* fiorentino a pagina 20 dell'*Abbandono.* A introduzione e avvio dei *Frammenti dell'autore inattivo* pone, con alcune modifiche, quasi interamente il biglietto a F.W.; mentre in *Camere separate* il biglietto a M.M. viene riscritto e diventa un frammento di ricordo, quando Leo guarda le carte stradali "per decidere la direzione di un viaggio in auto". È il momento della scoperta che lui e Thomas si sarebbero amati per tutta la vita.

Se in *Biglietti agli Amici* ha questa forma: "In quel dicembre a Berlino, nella tua casa di Kopenickerstrasse io volevo tutto. Ma era tutto, o solo qualcosa, o forse niente? Io volevo tutto e mi sono dovuto accontentare di qualcosa", in *Camere separate* diventa: "Un giorno, in treno, in uno scompartimento affollato Leo gli aveva detto, malinconico: 'Io ho sempre voluto tutto Thomas. E mi sono sempre dovuto accontentare di qualcosa.'"

Ancora nel romanzo Leo, per non scadere nel patetico, invece di inviare una lettera a Thomas, preferisce spedire una registrazione di *We Can't*

Sono rimasti sul tavolo i libri del tuo ultimo giorno di scuola: il diario, un quaderno, un volume dal titolo: "la Comunicazione", la grammatica di lingua tedesca. Ti sei portato via un maglione di cotone e due cassette stereo. Qualcosa di te è dunque rimasto nella mia stanza...Ho dimenticato di dirti che Ivan Denisovic mi sembra un ottimo nome per ~~un~~ il tuo gruppo rock.

15. Biglietto numero 7 (Giorno, ore sette). Dalla seconda versione. Non compare nell'edizione a stampa.

*Live Together* di Joe Jackson, e cita gli stessi versi della canzone riportati nel biglietto a F.G.

Prove, variazioni, incipit, tempi restituiti quindi da quel "primo" frammento di un diverso percorso, alla cui forma Tondelli, sempre nel libro-intervista *Il mestiere di scrittore*, confessa di voler ritornare: "Forse c'è inconsciamente in me un aspetto poematico. Un po' come in *Biglietti agli Amici*. Vorrei fare altri libri come questo. Prose concluse in poche righe, che abbiano un loro suono, una loro voce."

6. *Biglietti agli Amici* rappresenta, nella produzione letteraria di Tondelli, un libro "personale" (tanto che lo scrittore chiese inizialmente ai giornalisti e ai critici a cui aveva inviato il libro di non parlarne), per pochi, "un libro artigianale, curato, prezioso". Inizialmente "avrebbe dovuto essere un *livre d'art*: cinquanta copie in tutto, e le tavole astrologiche e angeliche disegnate da un artista". Viene pubblicato invece da Baskerville, con una struttura particolare legata alle ore della notte e del giorno scandite dalle tavole angeliche e astrologiche ricavate da Barrett. Ricordano Mario e Maurizio Marinelli, gli editori, nella "Storia di un libro", pubblicata nel numero di *Panta* dedicato a Tondelli:

"Viki finì il manoscritto e volle seguire tutte le fasi di ideazione e di produzione del volume. Telefonava spesso per chiedere informazioni e viveva la nascita del libro come un parto. Diceva che la produzione materiale del libro era ciò che più gli era mancato nell'esperienza di *Altri libertini*. Era un vuoto che colmava volentieri con la no-

" Siamo dunque qui nelle tre sospiratissime stanzette di via Morandi in tutto un tripudio di rossi bolognesi e tegole come squame di terracotta che rivestono i tetti di fronte , e meravigliosi comignoli a torretta e caminetti talmente fantasiosi che un giorno di questi certo disegneremo,Erjo ed io, come pezzi di una scacchiera a solo uso e consumo dei più intimi frequentatori delle nostre stanze; siamo qui avvolti da un bel sole primaverile così lindo e ventoso e pulito che manda nitide le colline al nostro sguardo e soprattutto quelle graziose colonnine là di Villa Aldini che ci mancavano da un pò, appunto dai giorni di questa vacanza berlinese appena appena conclusa, il tempo di ritirare le valige e le sportine, cacciare il taxi e salire proprio qui all'ultimo piano di Via Morandi.

E subito il telefono che canta e squilla e rumoreggia....."

( Un Week-End Postmoderno, 1982)

16. Biglietto numero 15 (Notte, ore tre). Dalla seconda versione. Mantiene la stessa numerazione e forma nell'edizione a stampa. Viene eliminata solo l'indicazione della fonte.

stra esperienza e che gli rendeva il progetto più stimolante. Fino all'ultimo fece modifiche, cambiò frasi e punteggiature. La scelta della copertina lo coinvolse fino al giorno prima della chiusura in tipografia."

Tondelli invece nell'*Autodizionario degli scrittori italiani*, curato da Felice Piemontese, nel 1989, spiega:

"*Biglietti agli Amici* è il primo testo di una produzione per così dire *underground* attuata da piccoli editori, a tiratura limitata e destinata a un pubblico protetto. In questo senso, fra un tentativo narrativo e l'altro, l'autore tende a creare, con piccoli editori amici, un laboratorio in cui il trasformarsi di un testo in libro sia un'avventura di solidarietà, impegno e divertimento."

In una lettera a Giorgio Bertelli, delle edizioni L'Obliquo di Brescia, che gli chiedeva un altro "libro per pochi", così racconta l'esperienza:

"Lo scorso anno, a Natale, feci appunto, in qualche centinaio di copie, *Biglietti agli Amici* e l'esperienza è stata assai felice. Ma il fatto importante, che mi spinge cioè a collaborare con i 'piccoli' e preziosi editori è quello di concepire un progetto particolare."

Come lo è appunto questa "esperienza" che è rimasta "unica" nel percorso tondelliano. Del libro sono stampati pochi esemplari. Una prima tiratura di ventiquattro copie, quella destinata alle persone cui i "biglietti" sono dedicati, riporta il nome per esteso. È a carattere limitato e non viene posta in vendita. A ognuno dei ventiquattro destinatari il libro viene consegnato il giorno di Natale del 1986. Una seconda tiratura, in una diversa edizione, arriva in libreria con tutte le co-

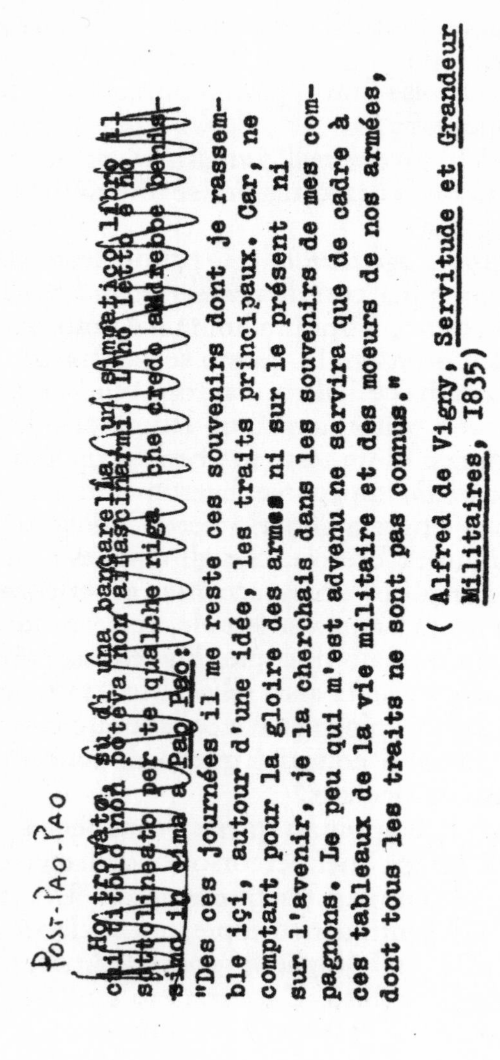

POST-PAO-PAO

Ho trovato, su di una bancarella, un simpatico libro il cui titolo non poteva non affascinarmi. L'ho letto e ho sottolineato per te qualche riga che credo andrebbe benissimo in cima a Pao Pao:

"Des ces journées il me reste ces souvenirs dont je rassemble içi, autour d'une idée, les traits principaux. Car, ne comptant pour la gloire des armes ni sur le présent ni sur l'avenir, je la cherchais dans les souvenirs de mes compagnons. Le peu qui m'est advenu ne servira que de cadre à ces tableaux de la vie militaire et des moeurs de nos armées, dont tous les traits ne sont pas connus."

( Alfred de Vigny, Servitude et Grandeur Militaires, I835)

17. Biglietto numero 20 (Notte, ore otto). Dalla seconda versione. Diventerà il Biglietto numero 19, in altra stesura, nell'edizione a stampa.

pie autografate da Tondelli e nelle dediche agli amici, per mantenere quel carattere "privato" del testo, sostituisce ai nomi per esteso le loro iniziali.

In seguito, esaurita quell'edizione, il volume non viene più ristampato. Baskerville aveva approntato una nuova tiratura ma, a causa di un errore del tipografo (la stampa dei nomi degli amici per esteso), le copie non furono mai distribuite e vennero distrutte (si veda in proposito la testimonianza degli editori nel numero di *Panta* citato in precedenza).

7. È un altro Tondelli quello che rilegge *Biglietti agli Amici* nel settembre 1991, nella stanza d'ospedale a Reggio Emilia e appunta con una grafia assai incerta, veloce, a matita, i libri che legge.

Il 7-8 settembre sulla traduzione testoriana della *Prima lettera ai Corinti* segna: "... tutta questa ricerca nel passato, questo ossessivo andare all'indietro e ricordare particolari apparentemente insignificanti, questa felicità anche del ricordo, se è servita ad alleviare il senso di colpa e a capire le ragioni della vita ora, improvvisamente, parlando con G. non basta più, ora è un intoppo, una stupidaggine. È vero. Io ho sempre pensato che la scrittura avrebbe potuto con gli anni e col lavoro, 'salvare' la storia miserrima... (la mia) un canto epico... (... *epos*). E forse così sarei riuscito a... Ma non sarà così. La letteratura non salva mai tanto meno l'innocente. L'unica cosa che salva è Amore, la fede e la ricaduta della Grazia."

Il 3 ottobre annota: "Forse allora quella che Pier chiama la santità, il percorso che io cerco di

18. Appunto a matita. Dalla revisione del testo effettuata da Tondelli sulla copia a stampa di *Biglietti agli amici*, nell'autunno 1991.

intraprendere e di cui, sinceramente, non vedo ancora la realizzazione, non è altro che il Satori buddista, illuminazione interiore sul tutto. Ma per fare questo la 'Via della Croce' è il percorso giusto? E la carità? E la testimonianza? Prima mi interessavano soprattutto i rapporti fra cristianesimo e Oriente, ora sempre di più con l'ebraismo."

Fa seguire a questi pensieri una "Bibliografia da Qol", nella quale cita testi e documenti, tra cui *I racconti dei Chassidim* di Martin Buber. Con una freccia indica poi quello che potrebbe essere il senso di questa ricerca con la dicitura: "I miei territori d'esilio."

Il 30 settembre, in una lettera a Fulvio Panzeri, chiede: "Puoi controllare se esiste un libro di Henry Corbin, *Paradosso del monoteismo*, che contiene un saggio sugli Angeli che mi servirebbe?" Poi manifesta l'intenzione di rivedere *Biglietti agli Amici* per un'edizione non più privata, ma destinata a tutti i suoi lettori: "Lo metterò a posto e rimpinguerò un po'. È una vecchia idea."

Infatti lavora a un progetto di revisione, come avviene anche per *Altri libertini* e appunta a matita, su una copia del libro, le eventuali modifiche, che riguardano soprattutto altri biglietti da scrivere e altri destinatari. Sul frontespizio è riportata una nota di carattere generale che spiega anche la richiesta del libro di Corbin: "È sbagliata l'impostazione. È meglio dodici angeli per ogni ora."

Nell'indice, oltre all'indicazione dei biglietti da riscrivere, vengono appuntati gli argomenti relativi a nuovi biglietti da inserire: "L'angelo di

Rilke", "Come non dirsi ebrei", "La principessa di Parigi", "In ricordo".

La presente edizione, non essendo stata completata la revisione da parte dell'autore, non tiene conto delle ipotesi di modifica indicate e si adegua quindi al testo pubblicato nel 1986, intervenendo, in alcuni casi, sugli errori di stampa e sull'uso delle maiuscole secondo le indicazioni apportate a mano da Tondelli.

[febbraio 1997]

Finito di stampare nel mese di novembre 2016 presso
Rotolito Lombarda, via Sondrio 3 – 20096 Seggiano di Pioltello (MI)

Printed in Italy